# 붉은 오로라가 펼쳐지는 새벽

유준화 시집　붉은 오로라가 펼쳐지는 새벽

**1판 1쇄 펴낸날** 2021년 10월 28일
**지은이** 유준화
**발행처** (재)공주문화재단
**펴낸이** 이재무
**책임편집** 박은정
**편집디자인** 민성돈, 장덕진
**펴낸곳** (주)천년의시작
**등록번호** 제301-2012-033호.
**등록일자** 2006년 1월 10일
**주소** (03132) 서울시 종로구 삼일대로32길 36 운현신화타워 502호
**전화** 02-723-8668
**팩스** 02-723-8630
**홈페이지** www.poempoem.com
**이메일** poemsijak@hanmail.net

ⓒ유준화, 2021, printed in Seoul, Korea

ISBN 978-89-6021-588-7 03810

**값** 10,000원

# 붉은 오로라가 펼쳐지는 새벽

유준화

천년의
시 작

아내와 함께 산골에 살면서 늙었습니다
머루랑 달래를 먹고 살아도 만족한다는
고고한 선비 정신은 없었습니다
머루와 달래만 먹고 살 수도 없는 세상이기에
서러움은 푸념으로 바뀌었습니다
청산은 옛날부터 한 번도 변하려 하지 않았는데
청산은 더 이상 청산이 아니었습니다
코로나 돌림병으로 신음하는 지구촌을 보니
이제 와서 청산이 조금씩 보이기 시작합니다
아픔으로부터 치유되기를 바라며
붉게 물든 가을이 강물에 떠내려갑니다
강물에 신청산별곡新靑山別曲을 실어 보내려 합니다

2021 . 8 .
공주 금강변에서

# 차 례

시인의 말

제1부 달맞이꽃

# 섬

내 작은 호수에는
숨겨 놓은 섬들이 있다

아직도.
그래도.
지금도.

파랑이 일어 흔들릴 때면

나는 매일매일
섬 주변을 맴돌고 있다

# 달맞이꽃
## ―천관녀의 사랑

어디서 왔냐고 물었더니
초모랑마 계곡 어느 호숫가에서 왔다 하네요

그 말
정말이냐 물었더니

눈물 고인 호수는 천 년이 흘러도
하늘을 품고 있어 그런 말 했다 그러대요

거짓말도 참 잘한다 그랬더니
당신 같은 사람들은 정말 모른다고 하네요

왜 달을 보는 꽃이 됐냐고 했더니

피투성이 된 말 머리를 잡고
몸부림친 꽃이라고, 하네요

한이로구나 했더니
밤마다 서성대는 벌을 받는다 하네요

# 오렌지색으로


오렌지 속살처럼 열리는 새벽하늘
나뭇가지에서 조잘대는 새

바쁘게 달려가는
새벽하늘은 식욕이 돋는다

살아 있는 것들은
모두 맛있는 걸 찾는다

하루를 맛있게 먹은 오늘이
내일을 기약하며

오렌지색으로 넘어가는 서쪽 하늘
나뭇가지에서 새가 꿈꾼다

# 가야금 열두 줄이

연분홍 치마폭 위에
가야금 열두 줄이 파도친다
바람의 손가락이 춤출 때마다
흩날리는 버찌 꽃잎
둥기 둥기 두둥둥 둥기둥 땅 두둥둥
태풍이 오고 파도가 치고
버찌나무 꽃 가로수 길은
달빛 강물에 반짝거리는 은빛 윤슬
회오리바람처럼 사랑이 오고
검은 아스팔트에 휘몰려 돌아
사랑에 울고 사랑이 가네
가야금 열두 줄이 딩딩 디디딩 둥기 둥땅
그녀의 손끝에서 봄날은 간다

## 새들목

새 두 마리가 날아오른다

새벽 안개구름 헤치고 어디로 가나

날고 있는 새들은 누가 보고 싶을까


남아 있는 작은 새들이 가슴 조이는

날 저물어 숨 가쁜 저녁

어디쯤 돌아오고 있을까, 어미 새들은

시월十月


자루 하나 큰 놈 메고 은행 털러 간다

해인삼매海印三昧에 들어 있는 하늘을 우러르며

삼백 년 묵언수행 중인

은행나무 스님의 염주 알을 얻으러 간다

고목 꽃


마곡사 신록축제에 갔는데
마스크에 능소화 한 송이 그려 준다
능소화를 입에 물고
누구, 나 좀 보아 주세요
민망한 척 딴청을 하며 내려오는데
지나가는 아주머니 한 분이
그렇게 몸부림친다고
고목에 꽃 피나, 하고 놀린다


고목 등걸을 타고 오른 능소화 꽃잎
나무의 마지막 사랑을 뽑아 불을 켠다
까맣게 말라 가는 나무 등걸에 켜진
뜨거운 불꽃
땅바닥에 주홍빛 발자국을 찍어 놓는다

# 사막의 꽃씨


칠레의 안데스산맥에 위치한 아타카마사막
사천 년 동안 비가 내리지 않은 황량한 그곳
선인장조차 자라지 못하는 불모지에서
분홍색 당아욱 꽃씨가 사천 년을 기다리고 있었네
단 하루 겨우 23mm의 비에 피어나서 사막을 가꾼
수백만 송이 당아욱 분홍 꽃

세상 어느 곳에도 꽃씨는 있네
어딘가 숨어 있을지도 모르는 꽃씨가 있네
당신의 가슴속에도 꽃씨는 있네


2019.11.17


* 사천 년 동안 비가 내리지 않던 칠레, 안데스산맥에 위치한 아타카마
  사막 일부에 2015년 3월 어느 날 23mm의 비가 내렸는데 분홍색 당아
  욱꽃이 만발했다 함(따뜻한 하루 1414호. 꽃 속의 사막에서 인용).

# 나도 헌화가를

"연분홍 치마가 봄바람에……"
노래를 들으며 운전하는데
엷게 비치는 치마 아래 종아리를 내놓고
모르는 척 서성대는 진달래꽃
연분홍 치마가 봄바람에 휘날린다
금강 변 창벽 높은 바위
굽이도는 길에서
드러내 놓고 유혹하는 것이다
나도 꽃 한 송이 꺾어서
그녀에게 헌화가* 한 곡 불러 주며
물오른 연분홍 치마에 살짝 안기고 싶다

* 헌화가: 신라의 향가 중 수로부인에게 꽃을 바치며 부른 노래.

# 마량포구
### —노랫말로


그대여 잡은 손 놓지 말아요
해마다 동백꽃 피는 마량포구에
해마다 동백꽃은 뚝뚝 떨어져
파도는 바위를 치며 울고 가는데
수줍게 벌어지는 노란 입술은
빨간 슬픔을 멀리멀리 띄워 보내요

동백꽃 피고 지는 마량포구
마른 봄 울어대는 새 한 마리와
뚝뚝 얼룩지는 수평선의
붉은 꽃잎들이 너무 아파요
그대 아득히 먼 곳으로 가시더라도
우리가 잡은 손 놓지 말아요

# 제비꽃

그래요
나, 들떠 있는 여자예요

작년에도 그러시더니
금년에 또!

바람둥이 양반!
찜쩍대지 마세요

좋아한다는 그 말 한마디에
넘어갈 내가 아니에요

그런다고 못 본 척
그냥 가지 마세요

# 가볍다

노스님이 두드리는
낡은 목탁에 보일 듯 말 듯
수없이 겹쳐 그어진 나이테

스님은
목탁을 두드리고
목탁은 스님을 두드리고

두드려 다 털어 내면
가볍다
목탁에 주문된 바람의 언어

천 년 고찰 대웅전 마당
천 개의 귀를 가진 은행나무에서
잿빛 산새 한 마리가 날아오른다

오리 보살

오리털 잠바를 입고
법당에 가서 부처님께 절을 했다

찬바람 속에서
천 마리의 오리들이 법당에 나와

발가벗은 부처님은 놔두고
나의 몸을 감싼다

용돈 드리듯 천 원짜리 몇 장 시주 함에 넣고
부처님 저 좀 잘 돌봐 주세요, 하는데

오리 보살들이 꽥꽥
다음 생에는 너도 빚을 갚아라 한다

# 대적전에서


달빛 한 덩어리를
부도탑 정수리에 들어붓는다


산죽나무 숲 사이로
접동새 한 마리가 자지러진다


달빛 한 덩어리가 접동새 울음을
목마른 듯 꿀꺽 삼켰다


산 그림자 흔들리며
목울대 넘어오는 소리


달빛이 접동새 울음 가득하여
부도탑 정수리가 촉촉하다

# 다행

소백산 구부 능선에서
머리에서 가슴까지 하얗게 말라 버린
비틀어지고 허리 굽은 주목 나무를 만났다
긴 세월 어떻게 살았습니까?
이만하기 다행이다 하고 살았지요
아무리 생각해도 대책 없다 생각될 때는요?
이만하기 다행이다 하고 살다 보니 살아지데요
거친 눈보라와 싸우며 껍질이 벗겨져도
더했으면 어쩔 뻔했어!
이만하기 다행이다 이만하기 다행이다 했더니
한 삼백 년 그럭저럭 살 만하데요

선정


바람의 입술 자국이 있는
매미의 날개에는 바람의 옷깃이 있다
선녀의 날개옷을 훔친 나무꾼처럼
전생에 바람의 날개옷을 훔친 너는
축생에 떨어져 매미가 되었나 보다
그가 날개를 흔들 때마다 매암매암
바람은 외투를 흔들며 먼 길을 떠난다
땅속에서 칠 년 지상에서 칠 일
묵언 침묵의 수행 끝에서
매미는 껍질을 벗고 날개를 달았지만
익선관의 날개를 등에 달았지만
몸이 무거워 멀리 날지 못한다
살을 **빼고** **뼈**를 깎는 고통도 허사였는가
날개를 퍼덕이며 느티나무를 흔든다
작은 미물들이 나를 흔들지 말라 하며
느티나무가 선정에 들었다

# 잡초

잡초가 무성한 밭에서
호미질로 땀을 흘리며 잡초를 캤다
잡초를 캐고 있는 동안
이 밭의 주인은 나라고 생각했다
내다 버린 듯 바람에 밀려와
떨어진 자리에서 눈물 나게 힘들어도
팔자라 생각하고
자리 지키고 열심히 살고 있는 그들도
이 밭의 주인은 나라고 하며
잡초가 아니라고 항변하고 있다
따지고 보면 세상에 잡초가 어디 있나
따지고 보면 세상에 잡초 아닌 놈 어디 있나
잘난 것들도 못난 것들도
다 잡초들 자식들인 거야
잡초가 잡초를 뽑고 있으면서
나는 잡초가 아니라고 우기고 있다

## 고요


아버지가 괭이질하던 묵정밭
잘 자란 억새 풀잎에 말잠자리 한 마리가
앉아 있다가 날아간다
그 자리
미미한 흔들림을 도려 내듯
풀잎의 칼날이 허공을 자른다

아픔의 시간들을 단절하듯
묵정밭을 지나던 바람이 나비 한 마리와 함께
시치미를 뚝 떼고 날아오른다
내가 앉아 있던 그 자리의
풀잎들도 일어나며 허공에 칼질을 한다

**제2부** 붉은 오로라가 펼쳐지는 새벽

# 가드레일

눈이 선한 고라니와 마주쳤네
오백 겁의 인연이 있어야 옷깃 한 번 스친다는데
피 냄새에 오염된 나를 보고 그의 눈이 더 커지더니
코로나19 환자 피하듯 껑충껑충 뛰어 급경사진 언덕 올라
가 사뿐히 가드레일을 뛰어넘네
우리의 인연은 거기까지인가
생각이 다르니 오백 겁의 인연도 소용없었네
안 돼 하고 소리치는데 망연자실 하늘이 흔들렸네
그는 둔탁하게 하늘 문 열고 나는 지상에 남았네
가드레일 함부로 넘지 말라 했거늘
석장리 박물관 가는 금강 변 산책길까지도
저승과 이승의 경계 지역이 옆에 있었네
나는 매일매일 가드레일 곁을 달리네
가드레일 건너편에서도 이쪽을 보고 있을까
가드레일을 뛰어넘으면 보고 싶은 사람들 만날 수 있을까
나뭇가지 하나가 말없이 내 옷깃을 잡네

# 가을이라는 수채화 속에

노랑, 초록, 빨강빨강, 노랑, 초록, 파랑, 하얀
하나, 둘, 셋, 넷, 다~섯, 그 이상은 무의미
나는 가을의 발걸음을 세어 보고 있었나 보다
바람은 그중에 무슨 색인가
세월은 그중에 무슨 색인가
황량한 바람 속 갈대꽃 숲 사이
회색빛 잎사귀들이 서걱거리는 강가 모래언덕
나는 무슨 색으로 서 있는가
사랑은, 슬픔은 무슨 색인가
그리다가 멈춘 수채화 물감처럼 바람이 흘러내린다
가을의 노래 시월의 마지막 밤에, 그 노래의 색깔 속에
나의 하얀 머리카락 속은 무슨 색인가, 붉은색인가
색이 남아 있기는 한가, 세월이 가져다준 알츠하이머
술잔을 마주치고 돌리다가 말고, 검은색!
검은색이라니, 아니야~!
노랑, 초록, 빨강빨강, 노랑, 초록, 파랑, 하얀
하나, 둘, 셋, 넷, 다~섯, 그 이상은 무의미, 무의미의 의미
색깔들을 다비식하는 저녁노을 아래
삐걱삐걱 걸어오다가 하늘을 보고 웃었다

# 곱다

빨갛게 매달린 감보다
떨어지는 감나무 잎이 더 예쁘더라
떨어지는 감나무 잎보다
그가 있던 파란 하늘이 더 눈 시리더라
그가 비워 낸 하늘처럼
차가운 슬픔으로 흘러가는 시간
마른 가지에 꽃등이라도 달아 주는 마음

달고도 꿀맛 같은
첫사랑 입술 같은 홍시 한 알을 위하여
젊음이 빠져나가 상흔으로 얼룩진
메마른 근육질의 피부로 발밑으로 떨어지는
검버섯 총총한 감잎 하나
검버섯까지도 고운 감잎 하나

# 밥

늦은 저녁을 혼자 먹는다
손님 없는 식당 유리창 안에서
구부리고 앉아 혼자 밥을 먹는 주인
문 닫기는 아직 이르고
기다리는 사람을 위해
기다려 보는 마음
코로나 돌림병 가득한 TV 뉴스를 보며
서로 다른 저녁을 혼자 먹는다
유리창 밖 가로수 잎이
가로등에 붉게 젖어 가는 밤
별빛 하나가 유리창에 내려앉아
함께 밥을 먹는다

# 시간 캡슐

시를 쓰는 것은 오늘이라는 시간을
캡슐 안에 넣는 것이다
지금 이 순간을 캡슐에 담아 간직하는 일이다
오늘 만난 새들과 꽃들과 강과 바다와
나뭇잎을 흔드는 바람 소리와
그대들의 눈빛을 시라는 캡슐 안에 담았다가
보고 싶을 때나
내 곁에 빈자리가 있을 때나
네 곁에 빈자리가 있을 때 열어 보면
친구가 되어 줄 수 있기 때문이다
내 외로움과 친구가 되어 준 그대들을
다시 볼 수 있기 때문이다

# 붉은 오로라가 펼쳐지는 새벽

검은 어둠을 흔들고 유리창에
붉은 오로라가 펼쳐지는 새벽
붉은빛의 숨소리가 늑대 울음같이 사납다
북극의 어느 외딴 능선처럼 차가운 새벽
아우로라*가 드레스를 입고
붉은 오로라를 펼치는 유리창 밖에는
황량하고 매서운 바람 속으로 자동차를 몰고
누구는 건설 현장으로
누구는 새벽 장 보러
누구는 논밭으로
누구는 출근길이 먼 회사로 달려가거나
야근을 끝내고 돌아오는 근로자들의 불빛이다
일만 년을 이어 온 아우로라의 춤사위 드레스다
그들이 오로라를 펼치고 꿈을 주는 역동적인 새벽
사람들은 바닥에서 일어나
지구라는 이 행성의 무대에서
함께 코로나 돌림병을 이겨 내며 춤을 추고 있으니
꽃망울들을 터지게 하는 오로라, 눈부시다


* 아우로라: 로마 신화에 나오는 새벽의 여신.

38

# 겨울 나비

배추벌레같이 살았던 아버지와 엄니가
박새처럼 기러기처럼 제비갈매기처럼 날아다니며
어깻죽지가 시퍼렇게 멍이 들도록
먹이를 물어다가 주었는데
그들이 저승에 가서도
짹짹거리며 주둥이만 내밀던 나를 아직도 못 믿는지
하얀 나비가 되어 꿈속으로 찾아왔다
날이 궂어 삭신이라도 쑤시는 날에는
나는 나비 꿈을 꾸는 것이다
눈이 발목까지 쌓이는 어젯밤 꿈에도
한 쌍의 하얀 나비가 찾아와 놀다 갔다
걱정하지 마셔요 한마디 하려는데
고향 집 울타리 넘어 그들은 날아갔다
창문을 열어 보니
춥고도 미끄러운 동짓달 밤
회색빛 눈이 하늘로 승천하고 있었다

## 돌밥

아내와 함께 돌밥을 먹는다
돌아가는 것이 돌 같아서 돌아 버린 밥인지
아사삭 씹혀서 뱉는 돌 같은지
삼식이 밥해 주느라고 돌아 버린 것인지
아무튼 요즈음 돌밥이 유행이란다
아내가 말한다
"왜 돌밥이라 하는지 알아요?"
돌아서면 밥하고 돌아서면 밥해야 하는 하루
하루가 돌밥이란다
평생 처음으로 아내와 석 달 열흘 넘게
돌밥을 먹는다
코로나가 먹게 해 주는 돌밥
울다가 웃으며 돌밥을 먹는다

# 식탁

초록빛 식탁 유리판
어지러이 찍힌 지문들을 본다
매의 발톱과 표범의 발자국 같은 지문
뚝뚝 떨어진 김치 국물이 검붉게 엉켜 있다
한 잔의 술잔과
먹다 버린 족발과 게 껍데기가 버려진 초원의
박박 지워 버리고 싶은
회오리바람이 지나간 발자국들
내 얼굴이 어리는 세상은
초록빛 식탁이다

# 새들과 논다

중국에서 수입한 갈대발을 쳐 놓고
흔들리는 바람과 나는 하루 종일 논다
수많은 새들이 내 이름을 부르다가 날아가고
붉은 장미꽃 잎새는 낙하하여 핏방울이다

중국에서 수입한 미세먼지를 먹는 새들이
살구나무 잎새에 발자국을 찍으며 다가온다
새들의 사랑마저 외면하는 부우연 하늘
노을은 등 굽은 노인처럼 천천히 오른다

혼자 앉아
밥 먹으라는 아내의 목소리를 기다리는데
이웃집 마당에서 매캐하게 태우는 연기 사이로
콜록거리며 날아가는 새들이 보인다

# 필요한 사람

혼자 있고 싶을 때가 있다
네가 가장 필요할 때다

혼밥을 먹을 때가 있다
네가 가장 필요할 때다

어디론가 떠나고 싶을 때나
가려고 해도 갈 곳이 없을 때

네가 가장 필요할 때다
나는 너에게 그런 사람이었나

# 상처

꽃이 너무 예쁘고 향기로워서
무심히 한 가지 꺾다가
꽃의 피 토하는 소리를 들었다
얼마나 아프고 서러웠을까

사랑하는 사람이 사고를 당하여
피를 흘리며 응급실에 실려 가던 날
피 토하는 울음소리가 가슴을 에이던
그날!!!

땅바닥에 떨어진 꽃잎의 피가
까맣게 응고되고 있다, 왜!
아픈 것들은 왜 까맣게 굳어 가는지
굳은살은 떨어지고 흉터만 남아 있는지

# 진눈깨비

작은 벌새 몇 마리가
유리창을 콕콕 찍어 보다가 날아간다

하얀 가슴털 벌새 몇 마리
유리창을 콕콕 찍어 보다가 눈물 흘린다

축축이 고이다
떨어지는 부질없는 말들

바람에 휩쓸려 날아가는 밤이다
날아갔다가 다시 오는 밤이다

소원


사람들끼리 비벼대며 살고 싶다
잘 있었느냐 안부도 묻고
사는 게 다 그렇지 않으냐고, 위로도 하고
건강을 위하여! 하며, 소주잔도 부딪치고
사람들끼리 살 비비며 살고 싶다

너무 큰 걸 원했나
미안하구나
너무 큰 걸 몰랐었나
미안하구나
산과 바다를 아프게 해서 미안하구나

# 맛

맛있는 아침을 먹고

맛있는 당신들을 만나서

맛있는 당신들과 함께

맛없는 일들은 지워 버리고 돌아와

맛있는 저녁을 먹는 시간

당신이 있어 오늘이 고맙습니다

날마다 날마다 이런 날 되기를

# 억새 춤

억새꽃 사이로 내려앉은
강물 위로 수만 마리 햇빛이 파드득거린다

엄청 외로웠거나
환장하게 꽃잎이 그리운 거다

사랑이 어디 있다고
차가운 겨울 강에 앉아 춤추고 있는가

휘어이 휘어이 무녀의 한풀이 춤처럼
돌림병에 울고 있는 억새꽃들을 춤추게 하는 너

제3부 두 마디 복음

# 웃음꽃

두 돌 지난 손녀가 영상통화를 한다
세상이 환해졌다
여섯 살 손녀에게 영상통화가 왔다
세상을 다 가졌다
시공간을 넘어와 나에게 전이되는 무한의 사랑
아기 웃음꽃

# 춤판

칠십 년 만에 만난
손녀가 춤을 추자고 한다
매일매일 적막강산 같았던 시골집에
두 돌 지난 손녀가 놀러 와
새싹 같은 음악을 틀어 놓고
머리 어깨 무릎 팔 무릎 팔
깡충깡충 엉덩이를 덩실덩실
할머니도 할아버지도 엄마도 일어나
춤추자 한다
온종일 앉아 있지도 못하고
칠순 넘은 우리 부부가 춤추고 노래했다
모든 것 다 잊어버리고
모든 것 비워 내고 춤판을 벌였다
칠순 넘은 시골집에도 봄비가 촉촉이 내리고
새싹이 파릇파릇 올랐다

# 두 마디 복음

20개월 된 손녀와 대화를 한다
창밖에 내리는 함박눈을 보다가
"눈이 어떻게 내리지?"
"점프"
"엄마가 좋아 아빠가 좋아?"
"아빠"
내가 방귀를 뀌면
"하빵"
"할아버지 해 봐?"
"하빠지"
"할머니하고 불러 봐?"
"할니"
자동차가 지나간다
"붕붕"
손녀와 저녁을 먹는다
"맘마"
"우리 손녀 잠자러 가야지?"
"코자"
"하빠지 코자"

세상에서 가장 귀한 복음이다

# 기도의 힘

새싹이 돋는 것
꽃이 피는 것
열매가 맺는 것
아기 울음소리
아이들 뛰어노는 소리
취직 시험
결혼
팔순 잔치
환자들의 신음 소리
장례식장 울음소리
하다못해 자동차 경적 소리도
지구라는 성전에서는 기도가 되지
기도와 기도가 모여서
어두운 터널을 지나며
뜨겁게 서로의 어깨를 안고 가지
누가 함부로 총질을 하거나 돌림병이 창궐해도
극복하고 이엄이엄 줄기차게 일만 년은
흘러왔고 흘러가지

풀꽃


다섯 살 아이가 바람개비를 돌린다
열두 살 소녀가 바람개비를 돌린다
스물두 살 청년이 바람개비를 돌린다
삼십 대 구직자도 아줌마도, 명예퇴직자도
들판에서 바람개비를 돌린다
바람개비의 날개는 노란색
하늘을 향한 꿈도 노란색
민들레꽃들이
씀바귀꽃들이
돌담 밑에서 남의 발밑에 기어 다니는
남의 집 상머슴 같은 몸이지만
한세상 웃으며 살자고 바람개비를 돌린다
작은 풀꽃들이 하늘을 난다

## 아기 울음

반가운 울음소리가 있다
아기 울음소리가 들려 창문을 열어 본다
아기 울음소리가 사라진 마을에서
환청같이 들리는 아기 울음소리에
매화꽃 고즈넉하게 흔들리는데
골담초 담장 위로
고양이 두 마리가 사랑을 나눈다

바람이었나
꿈이 깰까 조마조마한
늙은 부부 귀에 들리는 아기 울음소리

# 친구

너를 생각하니

멀리 있다고 생각한
네가 내 곁에 있다

잘 있었지?

너의 음성을 들으면
이름 모를 풀꽃도 춤을 춘다

노을이 물들기 시작하는 저녁
축배의 술잔을 들고 싶은

네가 내 곁에 있어
내가 행복하다

# 손

야 인마! 반갑다 하며 꼭 잡아 주던 손
건강 좋았지! 하며 소주 한 잔 채워 주던 손
어느 놈은 별수 있나
사는 게 다 그렇지 하며 손잡고 흔들어 주던 손
너한테 까부는 놈 있으면 내가 죽여, 하며
탁자를 치며 껄껄 웃던 손
밤 열 시 반
경부선 강남 터미널에서 잘 가라, 하며 작별하던 손
달 밝은 밤에 뜬금없이
네 생각난다 하며 전화하는 손
혼자 있고 싶을 때
가슴 뭉클하게 보고 싶어지는 불알친구, 그 손

# 밀어내기

누군가로부터 사랑받는 노래가
휴대폰에서 나와 파도타기 한다
뒤집어지고 엎어지고 밀려오는 건
먹다 버린 깡통도 매한가지
원산도 해안 모래밭을 뒹구는 저것들
무공해 식품, 건강식품, 전단지
난파선 같은 인간의 찌꺼기들을
파도는 가쁜 호흡으로 밀어내기 바쁘다
죽도록 밀어내는 중이다
파도와 함께
내 안의 찌꺼기들을 밀어내는 중이다

# 석별

남몰래 가슴 쳤어라

세상이 돌림병으로 뒤숭숭하여

그냥, 너를 보내고 나니

어찌하라고

젖은 손 내미는 붉은 단풍잎

# 단풍

어차피 떨어질 때는
화끈하게 떨어져라

화끈하게 지는 것들은 꽃잎이 된다
꽃비가 되면 언제나 첫사랑이 된다

시시하게 지는 것들은
사연 없이 살아온 것들이다

이제 가뭄과 먹장구름을 이겨 내며
열매들 남겨 놓고

된서리 하얀 숲길로 발길을 재촉하는
우리 각시 같은 너!

# 전단지

가로수들이 길거리에 늘어서서
전단지를 돌리고 있다
붉은 무늬에 갈겨쓴 초록빛 잉크 자국
초록빛 문양에 붉게 인쇄된 문구들이
바람에 날려 거리를 뒹굴지만
아무도 주워 가는 사람은 없어 서럽다
말이 필요 없겠지
폐업 창고 정리 중인 철 지난 상품처럼
원가도 되지 않는 가격으로 팔고 있는
코로나19에 얼룩진 이야기
주워 갈 일 있겠는가
개도 물어 가지 않는 전단지
지난여름 오가던 수많은 언어들이 밟힌다

# 단절

한 사람을 지워야 하는 것은
내 생의 일부를 도려내는 것이다

서럽게 울고 있는
태풍에 찢겨 떨어진 나뭇가지를 보았다

# 사랑도에서
—사량도를 사량도라 불러본다


사랑을 잃어버린 놈은 사랑도에 가라
사랑을 모르는 놈도 사랑도에 가라
사랑이 식어 가는 놈도
사랑도에 가라는 말이 있어 사랑도에 갔다
사랑이라고는 눈 씻고 찾아도 보이지 않는
망망대해에 우뚝우뚝 솟은 바위섬
봉우리와 봉우리에 이무기가 꿈틀댄다는 섬
진달래꽃을 보다가 옥녀봉의 전설을 생각하다가
사랑도에는 사랑이 어딘가 있을 거라고 생각하다가
없으면 이 봄에 생길 거라고 생각하다가
해풍에 시달린 백 년 묵은 나무 아래 앉아서
고목나무에도 꽃은 필 거라 생각하다가
횟집 함지박에서 목숨 걸고 탈출하는 문어들을 보았다
식당 문 위에 달아 놓은 풍경 소리가 청아한데
사랑이 없는 사랑도에서 탈출하려는 문어들
사랑이 있는 사랑도 바다가 그리운 문어들이
오체투지로 기어가는 방파제 넘어
멀리 있는 바다는 넓고 깊게 흔들리고 있었다

# 사랑방

산굽이 돌아 시오 리
십자 거리 가는 길모퉁이 빨간 양철집에
서방 나간 여편네처럼 주저앉은 사랑방이 있다

쓰러져 우는 사랑방, 사랑에 울던 방
곰방대의 재를 툭툭 털며, 길손들이 하룻밤 신세 지던 방
술 한 잔 권하고 목침 하나 베고 누워
보고 싶어 달빛 아래 뒤척이던 방
동네 머슴들끼리 가마니 치고 동치미 국물 마시며
산 넘어 쌍과부 집 생각에 낄낄거리던 방

오십 년 전에는 웬만한 집에 다 있던 방
지금은 눈 씻고 찾아도 볼 수 없는
박물관에도 없는 사랑하는 방, 사랑방

**제4부** 디디울나루에서

# 신발 한 짝

쓰레기들 틈에
버려진 신발 한 짝
뒷굽 한쪽이 심하게 파손되어 있다
어딘가 묻혀 있을
또 한 짝의 신발과 어깨를 합쳐
평생을 진자리 마른자리 편한 자리
골라 가며 업고 다니느라
한쪽이 심하게 찢어져 버림받은
신발 한 짝
비 오는 날
달동네 골목 쓰레기들 틈에
버려져 있다

# 양파

겨우내 그물망 속에서
숨죽여 기다리던 그녀
하얀 속살을 훔쳐보았다고
매섭게 쏘아보던 그녀가
어둠 속에서 싹 하나 밀어 올렸다

보라!
속을 모르겠던 그녀가
제 살을 먹여 키우는 새싹 하나!
목숨보다 귀한 사랑
누가 그를 미혼모라 탓하겠는가

# 누구나 한 권의 소설을 쓴다

일생에 한 번은 누구나 한 권의 소설을 쓴다
새벽이 오며 하늘이 열리고
하루라는 한 장의 노트가 펼쳐지면
노트 위에 족적을 남기며 걸어 다닌다
작은 날개로 2km 넘게 날아다니며
꿀을 따 오는 꿀벌처럼
더 많은 먹이를 구하기 위해 족적을 남긴다
세상을 다 얻은 것 같은 기쁨도 있고
때로는 하늘이 무너지는 슬픔도 있다
엄동설한을 견디고 가뭄을 이겨 내며
진흙 속에서 한 송이 꽃을 피우듯
한 알의 열매를 맺기 위하여 일생을 산다 하는데
그렇게 한 장 한 장 일기를 쓰듯
한 장의 하루를 넘기고 또 넘기고 모아서
한 권의 소설로 남긴다고 하는데
오늘 나는 무엇을 했는가
하루를 찢어 휴지통에 버린 듯 무의미한 하루
노트 위에 남길 말이 없어서 서럽다

## 하루나꽃으로

장날 산성동 재래시장에 갔다
무싯날처럼 장돌뱅이도 없고 사람들도 없다
난전에 비닐 멍석을 깔고
하루를 팔고 있는 아주머니
"내 생전에 이런 꼴 처음 봤슈"
"저녁나절 되도록 마수걸이도 못 했슈"
그의 목쉰 눈웃음이 아프다 하고 있는데
"하루나 한 다발에 삼천 원이유"
한 다발이 푸짐하다 "한 다발만 주셔유"
"그러지 말고 여기 있는 거 오천 원에 다 가져가유"
하루가 참 싸다
봄꽃들도 사람들과 격리 중이고
장날도 사람들과 자가 격리 중인 시절
코로나 꽃으로 범벅이 된 하루
어디 가서 이 하루나 팔아 치우고 싶다
하루나 또 하루나 기다리면
노란 하루나꽃 길 열리겠지
하루가 꽃이 되겠지

# 안녕

겨울바람이 가시를 세우고 발톱을 내밀어
면도날로 북북 얼굴을 긁어대네요
그래서 선지피 뚝뚝 흘리는 것들 많아요
어린나무들을 데리고 혼자 서 있는 나무
새끼를 데리고 쓰레기통을 뒤지는 고양이
새끼들을 데리고 길을 가로지르는 멧돼지
어린 형제들만 남기고
혼자 일터로 가는 엄마가 그래요
코로나19에 손님 끊어진 지 오래된 가게도 있어요
모두들 가시를 세우고 발톱을 내밀어야 한대요
모두가 내몰리는 거리에서 어쩔 수 없이
온몸으로 맞서 보지만
혼자서는 이겨 내기 어려운 겨울바람
서러웠다는 말쯤은 꼭꼭 숨겨 놓아야 해요
살아남아서 봄을 만나야 하기 때문에
당신에게 세상에서 가장 소중한 말
안녕하시냐고 묻다가 안녕하시라고 말하고 있어요
겨울바람 너도 빨리 가라고, 안녕!

# 우리는 다시

꿈에서 그를 만난 후
그의 그림자가 방 안에 가득하였습니다
유리창에도 마당 너머 울타리 밖에도
어른어른 머물다 갔습니다

만나고 싶었지요
만나고 싶은 그들이 없다, 생각한다면
사막에 혼자 서 있는 선인장처럼
가시만 키우고 있을 겁니다

나는 코로나19 가득한 별에 유배되었고
봄이 와 흐드러지게 꽃들이 피다 떠나면
그림자를 끌고 사라지는 계절의 모습이
시린 그림으로 얼룩지겠지요

유배 생활이 풀리고 당신을 만나기를
삼월이 와서 꽃들이 폭죽을 팡팡 터트리면
함께 코로나의 상처를 치유할 수 있기를
우리는 다시 꿈을 꿀 것입니다

# 한가위

팔월 열나흗날 저녁
아내가 프라이팬에 부침개를 한다
동그란 프라이팬에 하얀 밀가루 반죽
검고 동그란 하늘에 하얀 달이 떴다
팔월 열나흗날 달은 콩기름 냄새가 난다
팔월 열나흗날 달에서 애호박 냄새가 난다
다진 양념과 대하 살 굽는 냄새가 꼬리를 친다
달 속에서
마른 낙엽 구르는 소리가 들리고
풀벌레 우는 소리가 바닥을 올린다
용하게도 살아남았구나
바다에서 육지에서 포동포동해진 한여름의 결실이
아내의 손끝에서 뜨겁다
식탁에 둘러앉아 시간의 살점들을 먹는다
서로 다른 개체들을 융합하여 잘 익은 부침개
카~! 곡주 한 잔 들이켜고 입에 넣으니
나도 달이 되어 둥둥 오른다

# 밥상

옹기종기 모여 있는 장독들
된장, 고추장, 간장, 소금, 고춧가루와
들깨, 참깨, 서리태를 간직하고 있다

저마다 간간하고, 맵고, 고소함을 품었을 터
먼 산 넘어온
이른 새벽이 꿈틀거리면
단잠에서 깨어난 사람들이 항아리를 연다
어느 한 가지 넘치지 않게
잘 버무리고 맛을 낸 아침 식탁
옹기종기 어깨를 마주하고 먹는 밥은
간이 맞아야 힘이 솟는다

잘 버무리고 간이 맞으면
배 속이 편안해지고 세상이 아름다워서
날마다 상을 받는다

## 밀림의 황제도

동물의 왕국 사바나의 목마른 잡목 숲
밀림의 황제였던 수사자가 버림받는다
그의 갈기는 실각한 황제의 턱시도다
거느렸던 부인들을 빼앗기고
어린 자식들은 살육당했다
지배했던 영토에서 밀려나서
독거노인이 된 밀림의 황제가
으슥한 초원에 혼자 앉아 있다
밀림을 제패했던 사자도 늙으면
독수리 밥이 된다
젊어서 한 가닥 하지 않은 놈 어디 있던가
나이 먹은 극노인들이
요양원에 함께 있어도 독거노인이다
독거노인의 서러움, 그러려니 하며
모르는 듯 살았다
살다 보면 누구나 독거노인이 된다

# 동행

칠십 대 중반으로 보이는 두 남녀가
공주 금강 변 석장리 가는 자전거 길을
손을 꼭 잡고 머리를 기대듯 가만가만 걸어간다
보폭을 맞추며 속삭이듯 걷는다
강물과 바람과 햇빛이 함께 걷는다
다리를 주물러 주고 서로 어깨를 두드려 주는 그들
억새꽃들이 도열하여 격려하며 손을 흔든다
보폭을 맞추고 대화의 높이를 조절하여
한평생 친구인 듯 살아가는 저 부부
먼 길을 흐르는 강물처럼
구부러진 길도 부드럽게 걸어가고 있다
보폭이 달라서 운동이 되지 않는다며
모르는 사람처럼 혼자 걷는 우리 부부
보폭이 다르고 언어의 높이가 달라
높은음자리로 어긋나고 관절이 삐걱댄다
보살의 마음으로 당신하고 살아 준다는 아내를
손 한 번 제대로 잡아 보지 않는 나
그래도 보이지 않으면 안심이 안 되어
가끔은 어디쯤 있나 뒤돌아본다

# 껍데기

신호등이 바뀌자
노인들이 숨 가쁘게 건너간다
S자로 휘어져 구부린 허리의 할머니와
( )로 휘어진 무릎과 종아리 사이로
작은 바람을 그리며 걸어가는 할아버지의 팔이
부지런히 반원을 그린다
각을 지지 않으려는 그 몸짓에서
사각사각 모래들이 부딪치는 소리가 들린다
우렁 껍데기가 걸어간다
작은 입자들이 빠져나가 모래가 가득한 몸
모래들은 사각의 각이 생기고
부딪치는 소리도 사각사각 건조하다

이제는 꺼지지 않는 빨간 신호등 저편
방치된 모래 무더기 한 쌍
당신의 알맹이도 어느새 껍데기가 되었습니다

## 행운

함께 걸어갈 사람이 있다면
로또 1등 당첨된 거보다 백 배 행운이다
돈이 부족하면 어떻고 천천히 가면 어떠랴
함께 걸어갈 사람이 있다면
바람 불거나 비가 와도 어렵지 않다
꽃이 피기만 해도 웃음이 나오고
나뭇잎이 미풍에 흔들려도 웃음이 난다
함께 걸어갈 사람이 있다면
구부러진 길도 멀지 않다

걸어 다니지 못하는 사람들은
하루 온종일 창문만 바라보다가
말라 가는 담쟁이넝쿨을 보고도 슬퍼한다
걸어 다닐 수 있을 때 마음껏 걸어 다니고
함께하는 사람의 어깨를 안아 주어야 하는데
나중에라는 말은 지워 버리고
걸어 다닐 수 있을 때 마음껏 사랑해야 하는데
데, 하다가 데로 끝나는 오늘

# 달리기


어쩌자고 어미는 포식자들의 잔칫상에
알을 낳아야 했는가


바다거북이 새끼들이 알에서 깨어나
바다로 죽자 사자 달린다


어쩌자고 살아 있는 것들은
달리기 시합만 해야 하는가


사선을 넘어온 바다거북이 새끼는
천 년을 산다


지하철 출구를 빠져나와 달려가는 사람들
바다거북이 새끼들이다

# 임대 딱지

왕국을 잃어버린 백제의 공주가 중동 사거리에 있네
근왕병도 없어지고 늙은 시종 몇 명이 함께 있네
화려했던 드레스는 백제문화제 때 입은 각서리 여인의 적
삼처럼
덕지덕지 임대 딱지가 붙어 있어 누더기가 되어 있고
전화번호는 목걸이 마스크처럼 걸려 있네
백제의 공주가 몸 파는 여인처럼 쓸쓸하게 추파를 던지네
오르막이 있으면 내리막도 있다 하지요
내리막이 있으면 오르막도 있다 합니다
도굴당한 고분 같은 빈 쇼윈도 유리창 안 벽에는
예쁜 여배우의 사신도가 붙어 있고
벗어 놓은 유리 구두 한 짝과 떨어트린 귀고리가 먼지 속에서
화려한 부활을 꿈꾸며 기다리고 있네

# 디디울나루에서

지난여름 폭우 때
지붕으로 올라가 피신하지도 못한 소들과
급류에 휩쓸려 진흙에 묻힌 닭과 오리와 검은 염소가
죽지도 못하고 살지도 못하고 구천에서 떠돌다가
무주 고혼이 되어 기어 나온 겨울 강변
물버들 나뭇가지마다 비닐로 환생하여
칼바람 속에 숨 가쁘게 비명을 지르고 있다
물버들 나뭇가지들은 백기를 들었고
봉두난발한 채 검은 만장을 들고 있는 놈도 있다
작은 돌탑들이 합장하고 서 있는 디디울나루터
황새와 까마귀의 도래지인 줄 알았는데
철새들이 쉬어 가는 쉼터인 줄 알았는데
디디울디디울
서럽게 오열하는 강물의 주름진 얼굴 멀리
나룻목에도 미세먼지 가득한 하늘이 내려앉았다

# 배다리터

강물 위로 해오라기 한 마리가 날아간다
강물의 파란 하늘 그림자에도
새 한 마리가 스치듯 날아간다
강물은 세상 그림자를 품고 흘러간다
공주 금강철교 옆 물 위에 몸을 드러낸
징검다리 같은 배다리터
돌무지무덤들이 되어 버린 배다리를
백 년 전에 촌부와 장돌뱅이들이 건넜을 것이다
그들의 그림자도 스치듯 건넜을 것이다
이별이란 스치듯 가벼워야 한다
이별하던 설움도 만나서 기뻐하던 목소리도
막걸리 한 잔에 얼큰하게 녹여 낸 사연을
강물은 돌무더기에 남겨 두고 있다
해오라기가 앉아 있는 배다리터 돌무지무덤을
공주성 성벽에서 삼백 살 먹은 느티나무가 보고 있다
출렁
바람이 느티나무 가지를 흔들고
환생한 해오라기들이 날아오른다

## 웅녀의 눈물

웅녀가 곰나루에만 살았답니까
어디 그런 사내 곰나루에만 있었답니까

쑥 뜯고 마늘 캐어 당신 먹고 나 먹고
등허리 긁어 주며 함께 살자고 하였는데
그놈 아이 셋 버리고 강 건너로 도망갔네요

사람 되어 살기를 포기한 사내놈 때문에
세상천지가 절절한 눈물바다
그 웅녀 아이 셋 데리고 강물에 투신했다지요

이십 세기 밝은 세상에도
아이 셋 버리고 도망간 사내
그 여자 아이 셋 데리고 아파트에서 투신했다지요

어디, 웅녀가 곰나루에만 살았답니까
어디, 그런 사내 곰나루에만 있었답니까

# 그가 부르는 소리

어디서 날아왔는지 몰라
골목길 시멘트 틈 사이 노랗게 핀 키 작은 민들레

어디서 날아왔는지 몰라
리기다소나무를 제 집 삼아 올라가는 청설모

비탈진 산 중턱 잎사귀 넓은 자리공
바다 멀리 이름 없는 산골 뜨내기라네

세모시 적삼 입고 길쌈하던 할머니
두루마기 입고 오일장에 가던 당숙 어른

세상천지 좋은 땅 많은데
척박한 곳으로 밀려나 뿌리내리고 살다 보니

노래를 불러도 러시아 사투리
노래를 불러도 북만주 사투리

남양군도의 이름 없는 들꽃으로 지는 것도 모자라
아직도 남의 땅에 팔려 가는 개마고원의 꽃

산에 가면 발음이 서툰 노랑머리새가 울고 있네
바다 건너 남쪽은 내 고향,

어디서 날아왔는지 몰라
어디로 날아갈지도 몰라

# 개장

윤사월 외할아버지 산소를 개장했다
연산 대추골에서 살다가
갑오년 난리 때 상처 입고 죽었다는 이익로 공

백 년 넘은 산소를 개장하다가
나무뿌리 같은 토막 난 유골을 보았다
유골 한쪽이 시커멓게 멍들어 있었다

시커멓게 멍든 나의 뿌리를 보았다
그래도, 떨어지면 다시 싹트는
우리는 한 그루의 나무였는가

아파하지 마세요
유골을 산속에 뿌리고 있는데
구슬피 울며 날아가는 산새를 보았다

# 예약 문자

죽은 친구한테 전화가 왔다
사십구재 지나고 넉 달이나 지났는데
요즈음 뭐 하냐고, 잘 있느냐고
띵동거리며 문자가 왔다
그 친구, 아직도 구천을 떠도는가
나에게 안부를 물으며 만나자고 하는데
어찌 답해야 되나
어느 별 밝은 밤하늘에 대고
나 그럭저럭 살아 너도 잘 있지, 소리칠까
어느 비 오는 날 개울물에
나 그럭저럭 살아 너도 잘 있지, 편지를 띄울까
우주의 저편으로 가면서도
보고 싶다 말하는 너
예약 문자처럼
우리의 삶도 예약할 수 없는 것인가? 하늘을 본다

# 삼각리

내가 옹알이하며 젖 먹고 자란 곳
자치기 연날리기 썰매 타기 하며 자란 곳
처음으로 연애편지도 써 보고
보리피리 불며 콩 서리하던 곳
생각하면 언제나 가슴 뭉클한
어머니 품속 같은 내 고향
이제는 반백 년이 지나서
꿈속에서나 만나 즐겁게 놀 수 있는
만날 수 없는 사람들
서울에 가서도 부산에 가서도
불알친구 만나, 야 이놈아! 하면
머리가 백발이 되어도 젊어지는 곳
나를 감싸던 포대기 같은 내 고향, 탄천면

# 어떤 별

별은 하늘에 있는 것이 아니고 네 가슴속에 있는 거야
내가 그녀에게 했던 최초 거짓말

사랑할수록 그 별들 눈부시게 빛나는 거지
내가 그녀에게 했던 두 번째 거짓말

바람 불어도 흔들리지 않아, 너도 흔들리지 마
내가 그녀에게 했던 새빨간 거짓말

한 여자는 거짓말쟁이라 하며, 나를 차고 떠났고
한 여자는 뜬금없는 바가지 긁으며 살아 주고 있다

그녀가 긁어대는 바가지 속에서
나는 잃어버린 별을 찾느라 허둥대며 살고 있다

# 시간 다비식
—〈벤자민 버튼의 시간은 거꾸로 간다〉를 보며


시곗바늘이 한 걸음 걸을 때마다
꽃이 피고, 꽃이 지고
포성이 들리고, 포성이 멎고

나는 시계에 수감된 한 마리 새

바늘을 거꾸로 돌린다
빠르게 뒤로 돌린다
창살을 부수고 훨훨 날아오르는 쾌감이라니

시간의 화살에 맞은 한 마리 새는
거꾸로 흐르는 시간을 꿈꾼다

몰랐다
거꾸로 가는 시간의 고통을

가장 좋은 일은 그대와 함께
곱게 늙어 가는 일임을

# 구도자적 시공간과 시각적 이미지

김상현(시인)

　　일반적으로 시인이 시를 관념적으로 사유할 때 '시를 짓는다'고 하고 이를 문자의 형태로 옮길 때 '시를 쓴다'라고 한다. 이때 시는 창조인가? 모방인가? 하는 물음에 오히려 '무엇이 창조인가?'라고 되묻게 된다. 시의 소재가 되는 대상이 나무나 숲, 하늘과 별, 바다와 강, 인간과 여타 것들은 이미 존재해 있는 사물이며 시는 그것들을 여러 의미로 변주하여 의도하는 메시지를 전달하는 것이기에 창조가 아닌 창작이라고 함이 타당하다.

　　현대사회가 극찬하는 과학기술 역시 가시적이든 미시적이든 존재하는 것들을 조합하는 일이고 보면 '해 아래 새것이 없다'는 말에 동의하게 된다.

　　흄에 따르면 아름다움은 사물 자체가 지니고 있는 성질이 아니라 그것을 바라보는 사람의 마음속에 있다고 하였다. 시인은 상상력으로 사물을 이미지화함으로써 독자의 마음에 실제 사물보다 훨씬 아름다운 감정을 느끼도록 한다. 이러한 이중성으로 인해 고대의 철학자 플라톤은 "시인은 진리를 알지 못하고 눈에 보이는 사물에 대하여 오로지 모방을 일삼는 자로서 진리에서 두 단계나 떨어져 있으며 이성적 생활을 저해하는 연민, 두려움 따위를 최고조로 북돋우는 죄를 범하는 자이므로 이상적 사회에서는 추방되어야 한다"고 말하고 있다. 소위 시인 추방론은 시가 인간 교육에 해로운 내용을 담고 있어 사람들을 부패하게 만들며 사물에 대한 허위적인 생각들을 제시하여 올바른 행동을 하는 데 방해가 된다고 생각했으며, 시인은 이데아를 구현하는 '국가'로부터 추방되어야 할 대상이라고 하였다.

그럼에도 불구하고 고대사회에서 시는 신에게 바쳐지는 축문으로 이용되었으며 수많은 신화로 전래되어 왔다.

시가 디지털문화에 편승하여 새로운 이미지 산업으로 등장하고 있는 현대사회에서도 시가 대중의 정신을 함양하지 않고 단지 대중의 감성을 자극해 구매 의욕을 갖게 한다는 비판이 있다.

예컨대 "인생은 살이 쪘을 때와 안 쪘을 때로 나누어진다"(피트니스 숍) "어머니는 날 낳으시고 원장님은 날 만드셨다"(성형외과) "하늘에는 영광 땅에는 굴비"(영광굴비판매트럭) "세상의 모든 통증이 사라질 때까지 최선을 다하겠습니다"(통증클리닉) "맛없는 커피를 마실 만큼 인생이 길지 않습니다"(커피숍) "문어진 입맛 문어로 새우자"(음식점) "지금 혼자가 되지 않으면 영영 혼자가 될 수 있습니다"(코로나 방역) 등 짧은 시 문장이 광고 카피로 등장하고 있다.

그런가 하면 반시적인 용어의 나열이나 도저히 해독할 수 없는 난해하거나 난삽한 언어와 엽기적이고, 자극적이고, 환상적이고, 소통되지 않는 의식구조와 낯선 언어들이 난무하는 시들이 발표되고 있으며 이들은 자신들이 마치 시를 선도하는 것처럼 말하는 것을 보면 시와 시인의 건강성에 관한 성찰이 필요하다고 생각한다.


## 시인의 상상력과 시의 건강성

시는 삶에 대한 진지한 인식인 동시에 언어로 불러지는 노래인데 삶의 현장과는 동떨어진 시편들이 독자에게 따뜻하게 다가설 수 없다.

시에는 시인의 생생한 체험이 담겨져 있어야 함은 시인의 진정성과 관련된 중요한 문제이다. 시인은 기능적, 사회적 책무에 대해 깊은 성찰이 있어야 함은 두말할 나위가 없다.

유준화 시인은 굳건히 전통적 서정으로 일상적 삶 속에서 대중의 언어로 상상하고, 비유하고, 이미지화한다는 점에서 건강성을 의심하지 않는다. 그의 시 「섬」에서 그가 시를 대하는 태도를 엿볼 수 있다.

내 작은 호수에는
숨겨 놓은 섬들이 있다

아직도.
그래도.
지금도.

파랑이 일어 흔들릴 때면

나는 매일매일
섬 주변을 맴돌고 있다

—「섬」 전문

　화자는 자신의 마음을 '작은 호수'라 했는데 김동명의 시
「내 마음」에서 차용하지 않았는가 생각한다. 유준화 시인은
시가 발화되는 시의 자궁을 마음으로 봤으며 그 속에 소중
하게 간직되어 있는 시를 "숨겨 놓은 섬"이라 말하고 있다.
　두 번째 연에서 주어가 생략된 '아직도'라는 말에는 자궁에
서 자라고 있는 시가 내적 자산임을 말하고 있으며 역시 주어
가 생략된 '그래도'라는 말에는 화자가 지닌 모든 것을 버려도
마지막까지 간직하고자 하는 것이 시라는 것을 말하고 있다.
즉 운명적인 시와의 관계성을 고백하고 있다.
　세 번째 연은 단 한 줄로 "파랑이 일어 (호수가) 흔들릴 때
면"으로 시적영감(poetic inspiration)을 강조하고 있다. 시는

단순한 글짓기가 아니라 사물을 보고 직관적으로 스치는 영감을 잡은 일에서 출발하는데 그 에너지는 마음을 송두리째 흔드는 힘이 있다.

마지막 연에 "나는 매일매일/ 섬 주변을 맴돌고 있다"는 시가 화자의 일상임을 말하는데 특히 섬 주변, 즉 시 주변을 맴돈다는 표현에서 시와 화자의 관계에 대한 불가피성을 강조하고 있다. 그런데 왜 시의 주변을 맴도는가? 하는 화자의 심리 상태의 의문을 서정주의 시 「시론」이란 작품을 통해 이해하게 된다.

"바닷속에서 전복 따 파는 제주 해녀도/ 제일 좋은 것은 님 오시는 날 따다 주려고/ 물속 바위에 붙은 그대로 남겨 둔단다// 시의 전복도 제일 좋은 건 거기 두어라/ 다 캐어 내고 허전하여서 헤매이리요?"

서정주의 위 시와 같이 화자는 시의 주변을 맴돌며 매일 시를 캐내는 한편 마음에 엉그는 아름다운 시편들은 깊이 숨겨 놓는 지혜를 알 수 있다.


다른 시 「시간 캡슐」에서도 시를 대하는 화자의 시심을 엿볼 수 있다. 캡슐은 공간 개념이기 때문에 시간과 연관시키는 것은 다소 무리가 있지만 상상 속에서는 얼마든지 가능한 조합이다.

상상으로는 시간을 가두어 둘 수도 있고, 시간을 물체 속에 박제화시켜 놓을 수도 있다. 화자가 캡슐 속에 가두고 싶은 것은 어떤 '순간'이다. 다른 말로 어떤 '찰나'를 간직하고 싶

은 것이다. 이 말을 뒤집어 보면 화자가 보았던 사물은 현상
학적으로 시간의 흐름으로 사라지고 말기 때문에 시각적 이미
지화를 위해서는 어디엔가 가둬 두고 싶은 화자의 염원이 담
겨 있다고 할 수 있다.

이처럼 "새들과 꽃들과 강과 바다와/ 나뭇잎을 흔드는 바람
소리와/ 그대들의 눈빛"까지도 담아 두고 싶은 시심에서 시인
의 근성을 만날 수 있다. 화자가 시를 쓰는 목적 역시 누구에
게 읽히기 위함이 아니라 외로울 때 조용히 찾아가는 섬이며,
가만히 열어 보는 자신만의 비밀의 보고寶庫임을 말하고 있다.

유준화의 시에서 주목할 점은 시의 발화점이 오늘, 지금이
라는 시제時制다.[1] 우리가 '지금'이라고 말할 때 그것으로 우
리는 어떤 대상을, 어떤 눈앞의 것을 의미하는 것이 아니다.
오히려 그러한 '지금'이라는 표현 속에서 우리가 어떤 것을 현
재화, 현재라고 지칭하고 있는 것이 밖으로 표현되고 있다.

인간이 구현코자 하는 것은 언제나 지금, 여기이다. 화자
에게 그것이 과거의 기억이라 할지라도 기억을 반추하는 시점
은 항상 지금, 여기이고 보면 실존에서 벗어날 수 없다.

화자가 말하는 '지금'은 사물을 바라보고 있는 현재가 아닌
시인의 기억에서 발화되는 시점을 의미한다.

화자는 지금, 여기에서 상상하고 이미지를 부여한다. 일반
인과 다르게 상상력은 시인에게 매우 중요한 부분을 차지한
다. 상상력이 풍부한 시인의 시는 다채롭고 풍요하다. 상상력

---

1. 하이데거, 『존재와 시간』, 이기상 옮김, 살림출판사, 2007, 299쪽 참조.

은 이미지를 만드는 힘이며 부재하는 대상을 떠올리는 행위로 독자를 자신이 의도하는 방향으로 인도한다.

아래 시 「사막의 꽃씨」에서 화자는 사막에 핀 꽃에 대한 상상과 이미지를 통해 독자가 꽃씨에 대한 전혀 다른 사유를 갖게 만든다.

> 칠레의 안데스산맥에 위치한 아타카마사막
> 사천 년 동안 비가 내리지 않은 황량한 그곳
> 선인장조차 자라지 못하는 불모지에서
> 분홍색 당아욱 꽃씨가 사천 년을 기다리고 있었네
> 단 하루 겨우 23mm의 비에 피어나서 사막을 가꾼
> 수백만 송이 당아욱 분홍 꽃
>
> 세상 어느 곳에도 꽃씨는 있네
> 어딘가 숨어 있을지도 모르는 꽃씨가 있네
> 당신의 가슴속에도 꽃씨는 있네
>
> ―「사막의 꽃씨」 부분

화자가 친절하게 안내하고 있는 각주에 따르면 4천 년 만에 비가 내린 아타카마사막에 분홍색 당아욱꽃이 피었다는 것이다. 아마 신문을 통해서 화자는 이 정보를 접했을 것이고 남미대륙에 있는 칠레와 안데스산맥과 아타카마사막을 상상했을 것이다. 좀 더 세심한 성격이라면 구글과 같은 포털을 통해 지도를 검색했을 수도 있다.

어떤 사람은 칠레를 떠올리면 당도가 높은 와인을 상상하거나 원색적인 판초와 구릿빛 얼굴을 상상한다. 그러나 「사막의 꽃씨」에서는 세계에서 가장 메마른 사막인 아타카마사막과 전혀 어울리지 않는 분홍색 당아욱꽃이 등장하는데 독자가 체험하지 않은 사막과 당아욱꽃을 상상하는 데는 한계가 있다. 오히려 수천 년을 기다림 끝에 비를 만나 드디어 사막을 꽃으로 물들인 분홍색 꽃에 대한 상상이 분홍색 빛깔에 대한 강력한 이미지를 만들어 내고 있다. 화자는 분홍색 당아욱꽃을 다음 연에서 우리의 일상으로 끌어들이고 있다. 바로 "세상 어느 곳에도 꽃씨는 있네"라는 말로 아타카마사막에서 벗어나 지금, 여기 지난한 우리의 삶에 희망을 제시하고 있다. 비록 삶의 현실이 사막처럼 막막하고 기갈할지라도 희망이 있다는 메시지가 담겨 있다. 희망이 보이지 않는다고 좌절하거나 낙담할 이유가 없다. "어딘가 숨어 있을지도 모르는 꽃씨"처럼 희망은 가슴에 숨겨져 있기에 그 꽃이 만개할 때를 기다려야 한다는 것이다. 화자는 멀리 칠레의 안데스산맥에 있는 아타카마사막에 핀 당아욱꽃으로 인해 모래사장이 아름다운 꽃밭으로 변하듯 인간의 메마른 가슴에도 희망이 숨겨져 있으며 그 희망으로 결국 삶이 아름다워질 수 있다는 우주적 나르시시즘(narcissisme cosmique) 형식을 취하고 있다.

## 노년을 바라보는 시각적 이미지

한 권의 시집에는 화자의 시간과 공간이 그대로 함축되어 있다. 이번 시집에 담긴 화자의 시간은 노년이며 공간은 가족이다. 유준화 시인은 정해년생으로 종심의 나이를 지나 생을 달관하는 시간대에 와 있으며 그의 시에서 나타나고 있는 인생의 깊이와 관조의 여유에서 달관의 경지를 느끼게 된다.

색채는 보편적으로 상징의 유형 가운데 하나이며 직관으로 지각된다. 백석이 「나의 나타샤와 흰 당나귀」에서 눈과 흰 당나귀와 백인의 이국 여성을 시에 상정함으로써 흰색이 갖는 순결함과 순백함과 슬픔을 상상하게 하듯 유준화 시인은 이번 시집에서 유독 붉은색을 상정함으로써 노년의 쓸쓸함과 외로움과 고독 그리고 허무를 상징하고 있다. 노년의 이미지를 배경으로 한 시에 붉은 신호등과 붉은 저녁노을과 붉은 꽃잎과 붉은 단풍 등을 차용해 온 것이나 시집의 제목인 『붉은 오로라가 펼쳐지는 새벽』에서 시집이 지향하는 붉은색의 상징과 의미를 짐작하게 한다. 화자가 색채를 사용하는 것은 문자가 전달하지 못하는 이미지를 구인鉤引하기 위한 기법인데 화자가 응용한 색채는 독자의 의식에서 보다 강력하게 증폭되는 효과가 있다.

검은 어둠을 흔들고 유리창에
붉은 오로라가 펼쳐지는 새벽
붉은빛의 숨소리가 늑대 울음같이 사납다

북극의 어느 외딴 능선처럼 차가운 새벽

아우로라가 드레스를 입고

붉은 오로라를 펼치는 유리창 밖에는

황량하고 매서운 바람 속으로 자동차를 몰고

누구는 건설 현장으로

누구는 새벽 장 보러

누구는 논밭으로

누구는 출근길이 먼 회사로 달려가거나

야근을 끝내고 돌아오는 근로자들의 불빛이다

일만 년을 이어 온 아우로라의 춤사위 드레스다

그들이 오로라를 펼치고 꿈을 주는 역동적인 새벽

사람들은 바닥에서 일어나

지구라는 이 행성의 무대에서

함께 코로나 돌림병을 이겨 내며 춤을 추고 있으니

꽃망울들을 터지게 하는 오로라, 눈부시다

　　　　　　—「붉은 오로라가 펼쳐지는 새벽」 전문


　새벽의 붉은 하늘은 저녁놀과는 달리 하루의 시작을 나타
낸다. 새벽은 건설 현장으로, 장터로, 논밭으로, 일터로 출
근하는 노동의 출발 시점이다. 생존을 위한 삶의 치열성은 자
신들이 선택한 것이 아니라 지구라는 행성에서 존재하기 위
한 실존적 운명으로 이미 설계되어 있다는 것이다. 사람들은
저마다 오늘은 행복하겠지 하는 환상을 가지고 새벽녘 붉은
오로라 속으로 걸어 들어가지만 그 환상적인 붉은빛은 이내

늑대 울음소리를 내며 사납게 달려들고 이내 현실은 "북극의 어느 외딴 능선처럼 차가운 새벽"처럼 처절한 것이다. 이 붉은 새벽은 피할 수 없는 운명으로 인간이 감내해야 하는 부분이라는 것이다.

"지구라는 이 행성의 무대에서/ 함께 코로나 돌림병을 이겨 내며 춤을 추고 있으니"[2]와 같은 화자의 인식은 실존적 인간은 육체를 가진 인간으로서 언제나 어떤 상황 속에 내던져져 있는 존재이다. 인간의 위대함은 자신의 상황을 떠맡아 거기에서 자신의 최대의 존재 가능성을 길러 낼 수 있다는 하이데거의 사유와 같다.

화자는 인생의 노년을 어떻게 인식하고 있는가? 시 「껍데기」에서 노인의 몸은 작은 입자(의식)가 빠져나간 모래주머니와 같은 존재로 몸짓에서 "사각사각 모래들이 부딪치는 소리"가 들린다거나 실체가 빠져나간 "우렁 껍데기"일 뿐이라는 자조적인 말에서 인간은 단지 원자로 이루어져 있는 물질이라고 주장했던 에피쿠로스를 생각하게 된다.

여기에서 의식이 사라진 노년의 인생은 인간으로서 존재하는 것인가? "나는 생각한다. 고로 나는 존재한다"는 데카르트의 주장대로라면 껍데기인 노인은 존재 자체가 부정된다. 화자는 노년을 더는 갈 수 없는 "꺼지지 않는 빨간 신호등" 앞에 서 있다고 말하고 있다. 노년은 누구에게나 숙명적으로 다가오며 결국 의식마저 내려놓을 수밖에 없는데 이런

---

2. 하이데거, 『존재와 시간』, 이기상 옮김, 살림출판사, 2007, 36쪽 참조.

껍데기가 진정한 모습이라는 것이다.

껍데기에 관해 유준화의 시는 훨씬 높은 차원으로 반전되고 있다. 즉, 모든 욕망을 비운 상태가 껍데기며 껍데기가 공空이라 할 수 있으니 노년의 가장 이상적인 상태는 비움, 비워 있는 상태이다. 인생은 해갈할 수 없는 끝없는 욕망으로 인해 부패해지고, 병들 수밖에 없는 존재인데 노년은 껍데기를 지향함으로서 오히려 자아를 발견하게 된다. 이를 불교에서는 무아無我 또는 공空이라고 말한다.[3] 즉 아무것도 그곳에는 없다는 뜻이며 지금의 어떤 현상도 잠시 잠깐의 모습에 지나지 않으며 본래의 공空으로 돌아간다는 의미이다. 화자는 시에서 껍데기일 때 인생은 비로소 "눈부시다"고 말하고 있다. 얼마나 깊은 성찰인가. 더 나아가 "밀림을 제패했던 사자도 늙으면/ 독수리 밥이 된다."(「밀림의 황제도」)며 타자를 위해 스스로를 밥으로 내어 주는 진정한 보리심을 이야기하고 있다.

거기까지 가기 위한 노년의 과정을 화자는 여러 편의 시로 설명하고 있다. "어차피 떨어질 때는/ 화끈하게 떨어져라//…(중략)…// 시시하게 지는 것들은/ 사연 없이 살아온 것들이다"(「단풍」)에서 화자는 미련 두지 말고 머뭇거림 없이 현실의 욕망으로부터 벗어나라고 재촉하고 있다. 시 「제비꽃」에서는 "그래요/ 나, 들떠 있는 여자예요// 작년에도 그러시더니/ 금년에 또!// 바람둥이 양반/ 찝쩍대지 마세요// 좋아한다는

---

3. 『불교의 기초사상』, 심재열, 진영출판사, 1984, 51쪽 참조.

그 말 한마디에/ 넘어갈 내가 아니에요"에서 욕망과 비움 사이에서 갈등하는 인간 내면의 모습을 보이고 있다.

화자의 시에서 노년은 늙음을 의미하는 것이 아닌 비움 뒤에 오는 참된 기쁨, 곧 참나 상태의 새로운 존재를 말한다. 몸이 늙는다고 해서 마음이 늙는 것은 아니다. 오히려 더 뜨겁고 청명해진다. "고목 등걸을 타고 오른 능소화 꽃잎/ 나무의 마지막 사랑을 뽑아 불을 켠다"(「고목 꽃」)에서 보듯 노년은 끝까지 삶의 아름다움을 추구하고 있다.


## 시적 공간 속의 가족

화자에게 가정은 생활공간인 동시에 시적 공간이다. 가정은 가족이 연대해 있는 곳이지만 시에서 화자는 아내와 단둘이 산다. 세계적인 유행병인 코로나19로 인해 외출을 하지 않고 주로 집 안에서만 지낸다. 어쩜 팬데믹은 핑계일 수 있다. 노년은 팬데믹이 아니라도 특별하게 갈 곳이 없다. 오라는 곳도, 만나자는 사람도, 가야 할 곳도 마땅히 없다. 화자는 스스로를 삼식三食이라 말하는데 아내는 "돌아서면 밥하고 돌아서면 밥해야 하는 하루"를 "돌밥"을 먹는 날로 부르기도 한다. 화자는 팬데믹으로 인해 하는 일이란 밥 먹는 일이라며 미안해하지만 아내에 대한 시극한 사랑이 시 곳곳에 담겨져 있다.

화자의 아내는 자신을 거짓말쟁이라고 떠난 여자가 아니

라 '뜬금없이 바가지를 긁으며 살아 주는' 여자다. 얼마나 고
마운 존재인가.

　"돌밥"을 먹으며 "석 달 열흘"을 스스로 유폐된 삶을 살게
된 화자에게 버팀목이 되어 주는 가족은 아내이다. 화자의 고
독을 아내는 "돌밥"으로 달래 주었지만 시인이 태생적으로 가
지고 있는 고독감은 어쩔 수가 없었는지 "살다 보면 누구나
독거노인이 된다"(『밀림의 황제도』)며 외로움을 토로한다. 그렇
다. 프랑스의 시인이며 사상가인 발레리는 "하느님이 인간을
만드셨다. 그런데 고독이 부족하다고 여겨 더욱 고독을 느끼
게 하려고 배우자를 만들어 주셨다"라고 말했는데 "돌밥"을
먹는 화자의 심정을 이해할 수 있다.

　"혼자 앉아/ 밥 먹으라는 아내의 목소리를 기다리는데/ 이
웃집 마당에서 매캐하게 태우는 연기 사이로/ 콜록거리며 날
아가는 새들이 보인다"(『새들과 논다』)에서 화자 자신을 무엇인
가 추구하는 새로 은유하는가 하면 무력한 자화상과 오버랩
하여 마치 듀엣의 노래처럼 이미지를 전달하고 있다. 화자가
전달하고자 하는 메시지는 "미세먼지를 먹는 새들이/ 살구나
무 잎새에 발자국을 찍"는 것처럼 부모로서 노년의 삶이 나름
대로 의미가 있음을 강변하고 있다.


　　새 두 마리가 날아오른다


　　새벽 안개구름 헤치고 어디로 가나

날고 있는 새들은 누가 보고 싶을까


남아 있는 작은 새들이 가슴 조이는


날 저물어 숨 가쁜 저녁


어디쯤 돌아오고 있을까, 어미 새들은

—「새들목」 전문


　위 시에서 날아오르는 두 마리 새는 말할 것도 없이 어미
새들이다. 앞에 시 「붉은 오로라가 펼쳐지는 새벽」에서와 같
이 새벽 안개구름을 헤치고 날아오르는 어미 새는 새벽부터
가족을 먹여 살리기 위해 노동의 현장으로 향한다. 자녀에
대한 양육은 부모의 몫이다. 아무도 그 노고를 알지 못한다.
부모는 자식을 위해 몸을 희생해 가며 노동을 한다. 시에서
처럼 가슴 조이고 남아 있는 새들(가족)만을 생각하며 더 높은
창공으로 날아오른다. 화자는 연약한 깃털을 가진 새와 거대
한 창공을 대비하여 삶이란 새처럼 그렇게 무모하게 도전하
는 것이라는 것을 암시하고 있다. 현실의 노동 현장처럼 화
자가 제시한 새들목의 창공은 위험한 곳이다. 하늘에는 먹잇
감만 있는 것이 아니다. 독수리나 참수리와 같은 맹금류가 언
제 어미 새를 해칠지 모른다. "날 저물어 숨 가쁜 저녁"에 어
미 새가 무사히 돌아와 주기를 기다리는 듯 가족은 일터에 나

간 부모가 무사히 돌아오기를 기다린다.

시인이 일반인과 다름은 자신을 정직하게 드러내 보인다는 점이다. 화자는 가족이라는 시적 공간에서 일탈을 꿈꾸기도 한다. "잃어버린 별"을 추억하며 떠나간 여자에 대한 연민을 회상한다. "한 사람을 지워야 하는 것은/ 내 생의 일부를 도려내는 것이다// 서럽게 울고 있는/ 태풍에 찢겨 떨어진 나뭇가지를 보았다"(「단절」)에서 화자는 그 한 사람이 누군지 밝히지 않지만 가슴속에 슬픔의 씨앗으로 아껴 두려 한다. 물론 시에 나타나는 대상은 실제가 아닐 수 있다. 그것은 화자의 상상으로 가공된 실제의 그림자이며 그 그림자에 화자가 의도한 이미지를 입혀 표현한 것일 수 있다.


### 희로애락, 인생의 춤판

『불교문학』으로 등단한 화자의 의식 세계는 불교적 사유가 깊다. 적잖은 작품에서 인간존재에 관해 구도자의 자세를 엿볼 수 있다.

화자가 오리털 잠바를 입고 절간에 나가 부처님께 절을 하는데 정작 화자의 몸을 따뜻하게 감싸 주는 것은 "천 마리의 오리"(「오리 보살」)라는 사유나 그물망 속에서 새싹을 키운 양파를 보며 "보라/ 속을 모르겠던 그녀가/ 제 살을 먹여 키우는 새싹 하나!/ 목숨보다 귀한 사랑/ 누가 그를 미혼모라 탓하겠는가"(「양파」)에서 생명에 대한 깊은 통찰과 화자의 의식 세계를 엿볼 수 있다. 또 빨갛게 익은 감보다는 감 나뭇잎이 곱고, 감 나뭇잎보다는 파란 하늘이 눈이 부시다는 비움의 정신 역시 유준화 시인의 시적 근원으로 작용되고 있다.

아래 시 「신발 한 짝」은 사물에 관한 화자의 통찰력을 가늠할 수 있는 작품으로 모티브가 비슷한 하성란의 단편소설 「곰팡이 꽃」을 연상시킨다. 이 소설은 쓰레기통을 뒤져 이웃의 진실을 알려고 하는 남자의 이야기인데 사람들은 남에게 숨기고 싶은 것, 비밀스런 것, 감추고 싶은 진실을 갈기갈기 찢어 쓰레기들 틈에 넣어 몰래 버린다. 그래서 그 책의 평자는 "모든 쓰레기통에는 진실만이 버려져 있다"고 했다.

화자는 달동네 골목 쓰레기통에서 버려져 있는 신발 한 짝을 발견하게 된다. 뒷굽 한쪽이 심하게 파손된 것으로 봐 신발의 주인은 달동네에서 힘겨운 삶을 살아가고 있는 노동자이다. 사회로부터 버림받은 소외 계층의 사람이다. 그런데 버림받은 사람이 버린 신발을 두고 생각하게 된다. 억압받는 자가 억압받는 자를 억압하는 사회의 모순을 생각한다.

쓰레기들 틈에
버려진 신발 한 짝
뒷굽 한쪽이 심하게 파손되어 있다
어딘가 묻혀 있을
또 한 짝의 신발과 어깨를 합쳐
평생을 진자리 마른자리 편한 자리
골라 가며 업고 다니느라

한쪽이 심하게 찢어져 버림받은

신발 한 짝

비 오는 날

달동네 골목 쓰레기들 틈에

버려져 있다

—「신발 한 짝」 전문

    화자가 꿈꾸는 인생의 피날레는 춤판이다. 인간의 감정과 정서를 자극하는 것은 첫째는 시며, 둘째는 노래며, 셋째는 춤이라고 하는데 신명날 때는 물론 슬플 때도 인간은 춤으로 감정을 표현한다. 이 땅에 춤은 쓰임새에 따라 종류가 무수히 많은데 인간의 희로애락을 가장 잘 표현하는 원초적인 몸짓이 춤이라 할 수 있다. 춤판은 모두가 덩달아 추는 한판 축제인데 칠십이 넘은 화자가 갓 두 돌이 지난 손녀와 어울린 춤판은 무아의 극치를 맛보는 극락세계임을 알 수 있다.

    시를 분석해 보면, 마침 한가로운 시골집 마당에는 봄비가 내리고 물오른 새싹들이 파릇파릇 올라오는데 갓 두 돌이 지난 손녀가 음악을 틀어 놓고 깡충깡충 춤을 추자 엄마도 할머니도 할아버지도 덩달아 덩실덩실 춤을 추는 장면이 극락정토가 아니고 무엇이겠는가. 이 춤판은 하루 종일 계속되는데 "모든 것 다 잊어버리고/ 모든 것 비워" 낸 춤판은 엄마도, 할아버지도, 할머니도 갓 두 돌이 지난 아이의 상태가 된 것이다.

    이 순간만은 있음과 없음, 고통과 즐거움, 늙음과 번뇌가 존재하지 않는 해탈을 경험하는 순간으로 화자가 염원하는 세계라고 할 수 있다. 모든 욕망과 탐심이 소멸되는 이 춤판이야말로 사바세계와 결별하는 구도의 종착지라 할 수 있다. 이보다 더 신성한 예배가 어디 있으며, 이보다 더 명징한 진리가 어디 있겠는가.

> 칠십 년 만에 만난
>
> 손녀가 춤을 추자고 한다
>
> 매일매일 적막강산 같았던 시골집에
>
> 두 돌 지난 손녀가 놀러 와
>
> 새싹 같은 음악을 틀어 놓고
>
> 머리 어깨 무릎 팔 무릎 팔
>
> 깡총깡총 엉덩이를 덩실덩실
>
> 할머니도 할아버지도 엄마도 일어나
>
> 춤추자 한다
>
> 온종일 앉아 있지도 못하고
>
> 칠순 넘은 우리 부부가 춤추고 노래했다
>
> 모든 것 다 잊어버리고
>
> 모든 것 비워 내고 춤판을 벌였다
>
> 칠순 넘은 시골집에도 봄비가 촉촉이 내리고
>
> 새싹이 파릇파릇 올랐다
>
> —「춤판」 전문

시인의 존재 방식이 시로써 드러난다고 볼 때, 시는 만물

속에 깃들어 있는 로고스이며 시인은 로고스의 전달자, 매개자이다. 그럼으로 시인은 때론 제 혼을 적시기 위해 빗속에 묵묵히 서 있는 나무가 되기도 하고 제 혼을 일깨우기 위해 포호하는 사자가 되기도 한다. 유준화의 이번 시집에는 노년에서만 수확할 수 있는 농익은 열매들이 소담스럽게 담겨져 있다.